À mon Charlie
A.

Pour Lilou, Robinson, Jade et Nina
S. M.

Les ENFANTILLAGES d'ALDEBERT

Illustré par Simon Moreau

GALLIMARD JEUNESSE MUSIQUE

Sommaire

10 Samir le fakir — avec François Morel

11 Mon petit doigt m'a dit — avec Alizée

12 Le p'tit veut faire de la trompette — avec Carmen Maria Vega, guest : Fred Nivard – Asidefromaday

13 La soucoupe volante — avec Leeroy

14 Du gros son — avec Tactil Box, guest : Didier Wampas

15 Taxidermiste — avec Archimède

16 Super Mamie 2 — avec Super Mamie

17 Petits d'anges — avec Sophie Tith

Les pastilles de couleur
renvoient aux plages du CD

avec Ben Mazué, Ours,
Ben Ricour et Didier Wampas

La vie d'écolier

« 7h30 » en chiffres rouges illumine la nuit
J'entends : « Lève-toi et bouge », aujourd'hui c'est lundi
Pour remuer les fesses, il me faut serrer les dents
Conjurer les menaces d'une journée sans écran

J'trouve pas la deuxième chaussette, en plus on a piscine
J'ai coincé ma braguette et brûlé mes tartines
Si je simulais un rhume pour m'acquitter de ce fardeau ?
D'autant qu'on a mis une enclume
dans mon tout petit sac à dos

J'ai perdu mes pinceaux, oublié la table de huit
Dehors il pleut à seaux, j'ai le blues au zénith
On devrait payer les bambins qui vont à l'école à pied
Rayer les lundis matin du calendrier

Ça nous fait des bonnes journées, tu vois
La vie d'écolier, c'est pas ce qu'on croit
Joie, liberté, rires et nirvana
La vie d'écolier, non c'est pas ça

À la récré, je me débine et me confonds en louanges
Pour éviter le gros Kevin et ses tartes aux phalanges
La cantine est un cauchemar : salsifis de Bruxelles à l'ail
C'est un laboratoire et nous sommes les cobayes

Cette année, deux nouveaux bourreaux
pour nous tenir en laisse
Ont fait leur entrée au tableau : Pythagore et Thalès
Qu'ai-je donc fait de mal pour qu'on me mette en tête :
Conjonction pronominale circonstancielle épithète

Sachant qu'une baignoire se remplit en 800 secondes et demi,
Qu'il faut 120,3 cerises pour un bon clafoutis,
Que le train A croise le train B à 6h10 en gare de Rennes,
En déduire la pointure du coiffeur du fils du capitaine

Refrain

Moi je pense à la mer, au silence, ne rien faire
Les vacances, prendre l'air, l'insouciance, l'éphémère

Calcul mental, futur antérieur, champ lexical, dénominateur
Photosynthèse, Antiquité, récitation, Renaissance
Triangle rectangle, trapèze, participe passé, carte de France
Hommes de Néandertal, infinitif et règle de trois
Mérovingiens, capitales, transitif et chefs gaulois
Couronnement de François Ier, Union européenne
Pourcentages, plus-que-parfait, éducation citoyenne
Il y a de quoi rester coi quand j'entends ma famille
Clamer que je vis là les plus beaux moments de ma vie

Refrain

LUNDi
07:30

Mon père il est tellement FORT

avec Sanseverino

Mon père il est tellement fort,
Que je suis super fier quand il m'emmène à l'école
Mon père il est tellement fort,
Que quand il faut sauver la Terre, c'est lui qui s'y colle

Mon père il est tellement fort,
Qu'il peut lécher son coude,
se gratter l'oreille avec son pied
Mon père il est tellement fort,
Que même le grand Clint Eastwood
n'a jamais osé le tutoyer

Papapapapapa, des plus balèzes que toi
Papapapapapa, on peut les compter sur les doigts
Papapapapapa, des plus balèzes que toi
Papa, c'est pas compliqué : y'en a pas !

Mon père il est tellement fort,
Qu'il peut jouer de la trompette tout en sifflant
la *Marseillaise*
Mon père il est tellement fort,
Qu'il peut trouver de tête combien font 68 x 16

Mon père il est tellement fort,
Qu'il joue au jokari avec une boule de bowling
Mon père il est tellement fort,
Qu'il double des Ferrari quand il fait son footing

Refrain

Moi qui suis râblé autant qu'un moustique à la diète
Je compte les années en espérant qu'un jour en fait,
Il me pousse des gros bras et qu'on dise de moi
par-derrière :
« Ce mec-là, tu vois, il est fort comme son père ! »

Mon père il est tellement fort,
Qu'il change le sens du vent et se téléporte dans le futur
Mon père il est tellement fort,
Que sa tartine ne tombe jamais côté confiture

Refrain

Papa, ne cherche pas : y'en a pas !
Papa, n'insiste pas : y'en a pas !
Papa, c'est pas compliqué, y'en a
Papa, c'est pas compliqué, y'en a
Papa, c'est pas compliqué, y'en a pas !

La maison MONDE

J'ai besoin de voir le monde bouger
Moi, j'ai envie d'avoir
des choses à chanter
J'ai besoin de voir
de vrais gens jouer
Moi, j'ai envie de croire,
rire ou bien pleurer
Dans la maison-monde
Dans la maison-monde

Moi qui raffole d'épopées
J'ai beau mettre des échasses
Entre l'école et la télé
Je ne voyage pas des masses

Mais notre cage d'escalier
Cache un petit bout de monde
Sur chacun de ses paliers
Les origines se confondent

Alors, je monte au premier étage
Chez mes voisins créoles
Moi qui aime les voyages
Enfin, je décolle !

Gadé soley-la kléré déyè lapli
Nous sa tjenbé'y an fon tjè-nou
Latè-a piti, nou tout la pli piti
Nou ka grandi épi lanmou
Si lavi pas maché, ayayayay
Mé fodré ou pousé'y, ayayayay !

Moi qui rêvais de faire
Le tour de la Terre en chanson
Aujourd'hui je pars en croisière
Sans quitter mes chaussons

Écoute les rires et les sons
Les clameurs qui grondent
C'est une invitation
À entrer dans la ronde

Alors je monte au deuxième étage
Chez mes voisins tziganes
Moi qui aime les voyages
Je suis leur plus grand fan

Ihr darf zeiene, der weilt tanz'n, Ihr
Ihr vill oub'n, epess tzei zingen
Ihr darf zeiene, rhirtike menchen
spilen, Ihr
Ihr vill gleïb'n, lachen o veinen
In der welt haim, oyoyoyoy
In der welt haim, oyoyoyoy !

De Paris à Fort-de-France
De Varsovie à Kinshasa
On se rit des distances
La musique, c'est comme ça

Alors, je monte au troisième étage
Et débarque au Congo
Moi qui aime les voyages
J'entre tout de go

Na lingi na
Mona mokili ekeyi liboso eh
Ngai oh
Mpe naza na posa
Ya kozuwa makambo
ya koyemba
Na mona bato ya solo
solo bazali kosakana
He ngai oh
Nazala na elikia na
seka to mpe na lela
Ndako oyo nde mokili,
ngai naweyi oh
Ndako oyo nde mokili,
mama he

Si on agrandit la maison
En ajoutant des étages
Si on agrandit la chanson
On prolonge le voyage

avec Jocelyne Béroard,
Jacob Desvarieux,
Les Yeux Noirs,
Zola Tempo et ses musiciens

Qu'est-ce qu'on va faire de moi ?

avec Bénabar

Ma maman voudrait bien me voir
Chercheur, notaire, prof de maths
Moi je me verrais... plutôt, plus tard
Rêveur, Ninja, prof de rap

Mon papa voudrait bien me voir
Spécialiste, bureaucrate, politicologue
Moi je me verrais... plutôt, plus tard
Trapéziste, chef pirate, dinosaurologue

Qu'est-ce qu'on va faire de toi ?
Laissons la vie faire, c'est elle qui décidera
Qu'est-ce qu'on va faire de moi ?
Laissons la vie faire, et c'est bien mieux comme ça !

Ta tata voudrait bien te voir
Ingénieur, avocat ou consul
Moi je me verrais... plutôt, plus tard
Franc-tireur, mangaka, fabricant de bulles

Ton tonton voudrait bien te voir
Expert juriste en défiscalisation d'entreprise et business
plan consulting en gestion de patrimoine à Dubaï
Moi je me verrais... plutôt, plus tard
Chercheur d'or, maître-chat, semeur de corail

Refrain

Qu'est-ce, qu'est-ce, qu'est-ce,
qu'est-ce qu'on va faire de moi ?
Qu'est-ce, qu'est-ce, qu'est-ce,
qu'est-ce qu'on va faire de toi ?
Qu'est-ce, qu'est-ce, qu'est-ce,
qu'est-ce qu'on va faire de moi ?
Qu'est-ce, qu'est-ce, qu'est-ce,
qu'est-ce qu'on va faire de toi ?

Ma famille voudrait bien me voir
Tout ce qui, dans la vie, t'ennuie profondément
Moi ce qui me plaît c'est de croire
À tes rêves, tous les jours, indéfiniment

Refrain

avec Sirius Plan

Range ta piaule !

Ta mère et moi sommes en souci
Excuse du peu, mais c'est l'bordel
Car pour aller jusqu'à ton lit
Mon vieux, faut creuser un tunnel
Ta chambre c'est la forêt tropicale
J'en ai même parlé à mon psy
Mardi j'ai frôlé l'hôpital
Marchant pied nu sur une toupie

Quand on ne voit plus le plancher
Qu'on peut y nager le crawl
Y'a plus à hésiter
Il faut ranger sa piaule! Ranger sa piaule…
Range ta piaule!

La propreté nous ne sommes pas contre, par contre,
Y'a des fois, tu devrais aérer! Par exemple, hier
J'ai vu un rat avec une montre
Et deux vautours pique-niquer

Pour mettre un peu d'ordre à l'avenir
C'est décidé, dorénavant, avec maman
Nous allons faire intervenir
Une entreprise de terrassement

Refrain

Bobard n° 1 : Tu sais moi de mon temps on rangeait
Imposture n° 2 : Et nous n'avions presque pas de jouets
Affabulation n° 3 : Mes parents étaient tellement fiers
Boniment final : Dans ma chambre on mangeait par terre

Y'a des fois où tu vas trop loin
Et malgré le côté champêtre que j'aime bien
faut reconnaître
Personne n'arrose son jardin
En faisant pipi par la fenêtre!

Et si un jour il y a la guerre
C'est cynique mais tellement pratique
Nous pourrons faire de ta tanière
Un abri anti-atomique

Refrain

Dans la maison de mon ARRIÈRE-GRAND-PÈRE

avec Louis Chedid

Dans la maison de mon arrière-grand-père
Y'a des bibelots partout
Des livres sur la guerre
Et puis surtout

Dans la maison de mon arrière-grand-père
Y'a le souvenir doux
De mon arrière-grand-mère
Un peu partout

Un écureuil empaillé, baromètre incorporé,
Derrick à la télé, des taies d'oreiller brodées,
Et jouant dans un panier :
les chatons du calendrier
Des charentaises à carreaux,
deux paires de Méphisto,
Les chiens de chasse du tableau
écoutant Luis Mariano
Une carte de St Malo, Jean-Paul II sur le frigo

Dans la maison de mon arrière-grand-père
La nuit, j'entends des bruits
Mais qui peut bien faire
Ce charivari ?

Dans la maison de mon arrière-grand-père
De janvier à décembre
Ça sent la pomme de terre
En robe de chambre

Une médaille de cheminot, papa petit en diapo
Des croix dans des lotos,
trois gélules pour le mal de dos
Les prévisions météo, des phrases
qui commencent par « ooohh »
Quelques cancans, des potins,
des fleurs sur le papier peint,
***L'Est Républicain*, des légumes du jardin**
La même histoire en vain dont on connaît la fin

Si un beau jour c'est moi l'arrière-grand-père
Mes filles seront mamies
Je serai fier
De toute ma famille

Si un beau jour c'est moi l'arrière-grand-père
On trouvera sous mon toit
Quelques affaires
D'autrefois

Un vieil iPad fatigué, un VTT tout rouillé
Des MP3 rayés, des meubles Ikea dépassés
Une collection d'objets
qu'on n'a pas encore inventés
Enfin, un tapis volant, des voitures
qui marchent au vent
Des Big Mac effervescents, Peter Pan président
Et le plus important :
une machine à remonter le temps

Y'a rien qui va

avec Barcella et Jérôme Daran

Il n'y a pas que les dents qui soient de lait
Hier j'ai paumé mes pouces
J'attends que ça repousse
Mon pied gauche a rétréci
D'un pied je fais du 17
De l'autre du 38

Je bégaie quand je mange des coquillettes
L'estomac dans les talons
Les lobes dans les chaussettes
Les jours pairs, je me change en dindon
J'ai la chair de coq, une araignée dans l'plafond

Une haleine de saumon d'élevage
J'ai soufflé sur le hamster
Il s'est pendu dans sa cage
Une fracture de moral à zéro
Un œil au beurre demi-sel
Les fesses qui font bravo

J'ai de la température aux ongles
Du crépi dans les artères
C'est héréditaire !
Quand je bâille, ça fait d'la mousse
J'ai les dents du fond qui chantent
Des écailles qui poussent

Y'a rien qui va
Maman, papa, je suis patraque de partout
Y'a rien qui va
Quand ça va bien, ça ne va pas du tout
Aïeaïeaïeaïe, aïeaïeaïeaïe !

J'ai un problème de squelette
J'en oublie des morceaux
Du coup j'ai perdu les os
Je ne vois quasiment plus rien
J'ai donné mes lunettes
En échange d'un chien

Dur de chanter avec un nœud à la langue :
« Awawahwhouwwhuauw ! »
J'ai un torticolis des orteils
Un rat dans la gorge
De la fièvre aux oreilles

Un nombril incarné au troisième degré
Quand je cligne des genoux
J'ai mal jusque dans mes poux
Le diagnostic est sans appel :
« Syndrome de patraquite métabolique
différentiel »,
C'est évident !

Une douzaine de nouveaux tétons
À l'intérieur de mes narines
Ont fait leur apparition
Je souffre d'une scoliose aux sourcils
De migraines à la luette
De crampes à ma gourmette

Refrain

« Écoute bonhomme, je suis médecin
Je connais la différence
Entre symptôme et baratin
Tout fonctionne, rien n'est en panne
Si t'étais super-héros,
Tu serais Mytho-Man

T'inquiète, tu passeras l'hiver
Ça ne sent pas le sapin
Petit patraque imaginaire
Mon unique prescription :
Des suppositoires
Anti-imagination »

Y'a tout qui va
Maman, papa,
j'ai la patate de partout
Y'a tout qui va
Quand ça va bien,
ça va plus que tout

Les amoureux

avec Claire Keim

Souvent à l'école
On se moque de nous
Les enfants rigolent
Ce sont des jaloux

Ma princesse a osé
Quelle bien jolie scène
Elle a déposé
Sa main dans la mienne

Nous faisons le mur
Ce n'est pas de tout repos
Je suis sans armure
Elle est sans château

Souvent dans la rue
On nous montre du doigt
Les gens sont bourrus
Mais les gens sont comme ça

Tout ça parce que tous les deux
Nous oublions d'être sages
On est amoureux
Et nous enjambons les nuages

Nous avons fugué
Entre deux paragraphes
Nous avons largué
Les leçons d'orthographe

Tout par-dessus bord
Les dictées, les problèmes
On est tombé d'accord
Pour se dire je t'aime

Ici les oiseaux
Sont dans la confidence
Quand on est en haut
Plus rien n'a d'importance

Au premier baiser
Plus rien ne bouge
J'ai senti passer
Mes joues de rose à rouge

Refrain

Selon les vents, si ça nous sonne
Quand nous serons
de grandes personnes
Nous redescendrons sur Terre
Et quand les archers sauront viser
Le cœur de tous les écoliers
Nous viendrons vous chanter
ces vers :

Levez bien la tête
Ouvrez grand les yeux
Vous verrez peut-être
Les enfants amoureux

Flirter sur les stratus
Quelle sensation étrange
Flâner sur les nimbus
Deux apprentis anges

Refrain

Le DRAGON

avec Alexis HK

Mes parents m'avaient prévenu :
« C'est une responsabilité
Il va falloir, bien entendu,
T'en occuper »

C'est sûr qu'au premier abord
Cet animal est étrange
On sait pas bien comment ça dort
On sait pas vraiment ce que ça mange

D'où vient-il ? On n'en sait trop rien
Le véto va pousser des cris
Devant cette espèce de saurien
Mi-chauve-souris

Faudra-t-il le faire tatouer
Et lui acheter tout l'attirail
Une litière, un panier
Trouver un collier à sa taille ?

Un dragon, c'est magique
Sur un donjon, c'est authentique
Un dragon, c'est magique
Mais dans la maison,
c'est pas pratique

Nous avions depuis quelque temps
Une mygale, un perroquet,
Comme dit bien souvent ma maman :
« Là, c'est l'bouquet ! »

Même si ça peut parfois faire peur
Un dragon franchement ça vaut l'coup
Pour faire détaler les voleurs
Ou pour lancer le barbecue

Et nous forçons souvent là-haut
L'admiration de nos voisins
Quand on s'envole sur son dos
Acheter du pain

Dans un barnum à faire frémir
On sème le chaos dans le ciel
Parfois, on s'amuse à rôtir
Quatre moineaux, trois hirondelles

Refrain

Le soir il casse la croûte avec nous,
Il n'est pas regardant et mange de tout :
Un reste de gratin, une tartine au Nutella,
Mais son plat favori, c'est le « Chevalier
en armure sauveur de princesse melba »

Quand on lui lance un morceau de bois
Il court le chercher ventre à terre
Mais nous ramène deux fois sur trois
Un lampadaire

Quand j'le grattouille derrière l'oreille
Ça le fait parfois ronronner
Il fait le bruit d'un vieux diesel
N'arrivant pas à démarrer

Hier soir, pris d'une quinte de toux,
Il nous a causé du dégât
En transformant notre matou
En samossa

Un jour à la porte ont sonné
Quatre témoins de Jéhovah
Il a voulu les faire entrer,
Je crois qu'on ne les reverra pas !

Samir le fakir

avec François Morel

Voici l'histoire un tant soit peu farfelue
D'un type qui vit en slip, entouré d'objets pointus
Pour lui, y'a pas plus accommodant
Que la fraise du dentiste sur les dents

Samir, c'est son prénom, et depuis qu'il est bébé
Il aime à se reposer sur un tapis de verre pilé
Y'a pas plus confortable et moelleux
Qu'une boîte de punaises, une pointe, un clou,
un pic, un pieu...

Samir le fakir
Quand ça pique, ça coupe,
ça tranche, ben, c'est pas pire...
Samir le fakir
Quand ça taille, ça griffe,
ça brûle, ça fait plaisir!

Un canif, un hameçon et c'est la fête!
Ce qu'il kiffe dans le poisson, c'est les arêtes
L'ours en peluche de la pub Cajoline
Il s'en ferait volontiers un nouveau jean

Boulimique de pics, Samir est un vieux garçon
Et c'est sur « Meepics » qu'il recherche une occasion
Pas facile de trouver chaussure à son pied,
quelqu'un qui vous plaise
Quand on aime se promener, pieds nus sur des braises

Refrain

Il adore les guêpes : ça fait des piqûres
Les serpents venimeux : ça fait des morsures
Les méduses visqueuses : ça fait des brûlures
Les grand-mères poilues : ça fait des confitures

Même si Samir n'est plus très étanche
À force d'engloutir des armes blanches
Il restera dans les mémoires, comme le plus fou
des fakirs
Car la morale de cette histoire, c'est : plus y'a
de trous, moins y'a de...

Refrain

SAMIR
le Fakir

avec Alizée

Mon petit doigt m'a dit

Mon petit doigt m'a dit
Que tout était noir et blanc
quand Mamie jouait à la marelle
Mon petit doigt m'a dit
Que les bossus sont des anges qui cachent leurs ailes
Mon petit doigt m'a dit
Que si j'avale le noyau, un cerisier pousse en moi
Mon petit doigt m'a dit
Que les jouets sont vivants et font les morts
quand on les voit

Moi je dis tout haut ce que je crois
Je m'en réfère à mon petit doigt
Même si j'entends souvent dans mon dos
Que je suis le fils de Geppetto
Moi je crois tout ce que l'on me dit
Les légendes, les fables et les bruits
Même si j'entends souvent dans mon dos
Que je suis la fille de Geppetto

Mon petit doigt m'a dit
Que les abeilles font le miel, les papillons la confiture
Mon petit doigt m'a dit
Qu'au bout de l'infini y'a quand même un mur !

Mon petit doigt m'a dit
Que les dents des petits sont réservées aux souris
Mon petit doigt m'a dit
Que quand on roule de nuit, la lune nous suit

Refrain

Mon petit doigt m'a dit
Que l'année prochaine je serai admis à Poudlard
Mon petit doigt m'a dit
Que les costumes moulants donnaient des super-pouvoirs
Mon petit doigt m'a dit
Qu'il existe des preuves de l'existence du dahu
Mon petit doigt m'a dit
Qu'avec des baskets neuves, on rattrape le temps perdu

Refrain

Le p'tit veut faire de la trompette

On aurait tellement apprécié
Qu'il joue à la console
Toute la sainte journée
On aurait sûrement fêté ça
S'il s'était pris de passion
Pour la pêche ou le point de croix

On aurait trouvé la vie plus belle
S'il s'était investi
Dans la pâte à sel
On aurait trouvé chouette qu'il s'exprime
De façon corporelle
Par la danse ou par le mime

Mise en place d'une cellule de crise
Bouchons d'oreilles et cachets pour la tête
Ma chérie, on peut faire les valises :
Le p'tit veut faire de la trompette !

On aurait tellement apprécié
Qu'il se réalise
Dans la confection d'un herbier
On aurait passé les vacances à Lourdes
S'il s'était passionné
Pour l'élevage de palourdes

On aurait franchement touché du bois
S'il s'était inscrit
Aux cours intensifs de yoga
On aurait sans doute joué au Loto
S'il s'était intéressé
À la course d'escargots

Mise en place d'une cellule de crise
Tranquillisants et casques de chantier
Mon chéri, on peut refaire les valises :
Il veut faire de la trompette !

Si tu t'inscrivais à la pétanque ? Trop mou !
Si tu prenais des cours de grec ? Trop dur !
Et si tu lisais tout Kant ? Trop long !
Si t'apprenais les échecs ? Trop nan !

Mise en place d'une cellule de crise
Caisson étanche et gilet pare-balles
Ma chérie, on peut re-refaire les valises :
Le p'tit kiffe le heavy-métal !

avec Carmen Maria Vega, guest :
Fred Nivard – Asidefromaday

avec Leeroy

La soucoupe volante

Avec papa on bricole un peu
Et le samedi matin
On va faire les courses tous les deux
Au Leroy Merlin du coin

C'est un projet un peu guedin
On le sait, c'est chaud et pas banal
Dans un petit bout de jardin
On fabrique un vaisseau spatial

Les voisins trouvent ça risible
Mais on leur a déjà expliqué
Que rien n'est impossible
Tant qu'on n'a pas essayé

On a ce rêve depuis toujours
Et je t'assure qu'on lâchera rien
Celui de faire un d'ces jours
Décoller cet engin

Allumer les moteurs
Pour y croire
un peu plus fort encore
Prendre de la hauteur
Pour y voir
un peu plus loin encore

Une fois là-haut, on sait quoi faire :
On laisse nos bagages sur la Lune
Balade sur l'anneau de Jupiter
Et pique-nique sur Neptune

On s'est même juré de ramener
Des souvenirs par wagon
Visiter Cassiopée
Et faire les boutiques sur Pluton

Maman tricote pour Pépette
Une petite combinaison
Super-Mamie sera de la fête
La Voie lactée, c'est sa passion

Ça fait longtemps quand on y pense
Qu'on n'a pas vu la mer
Mais là c'est plus que des vacances
Puisqu'on va quitter la Terre

Refrain

Maman râle tout l'temps
Y'a des outils plein le gazon
Mais l'astronef est tellement grand
Qu'il fait de l'ombre à la maison

On fait des calculs compliqués
À la vitesse de la lumière
Mais c'est le prix à payer
Si on veut courir l'univers

Toute la famille met la gomme
Chacun met le pied à l'étrier
Un petit pas pour l'homme
Un grand pour ma communauté

Notre soucoupe va s'envoler
Et c'est tout ce qu'on mérite
Et quand l'horloge aura sonné
On sera déjà sur orbite

À nous les plans sur la comète,
La grande Ourse et Alcor
Le système Dagobah, Andromède
Aldébaran, Kléopatra, les clairs de Terre
Et plus encore

Et même si cette épopée
N'est qu'un simple mirage
Le fait de la rêver
C'est déjà un voyage

Refrain

avec Tactil Box,
guest : Didier Wampas

Du gros son

C'est la voisine qui me garde ce soir
Elle est étudiante en psycho
Je l'ai séquestrée dans le placard
Attachée les mains dans le dos... c'est calme
Le chat Pépette qui d'habitude court
Et ne cesse de miauler
Gratte à la vitre du tambour
De la machine à laver... c'est calme... c'est calme

Moi je tourne le bouton de l'ampli de papa
Et quand tout est à fond, là j'envoie
Du gros son !
Que les voisins du d'ssous cassent
leur balai sur le plafond
Du gros son !
Que jusqu'à Ouarzazate
on puisse entendre cette chanson
Du gros son !
Que les autorités menacent de m'jeter en zonzon
Du gros son !
Et jusqu'à c'que les basses
déplacent les murs de la maison
Du gros son... du gros son !

Ma sœur qui d'habitude me fait suer
Est au p'tit coin pour longtemps
Grâce à la bouteille que j'ai trouvée
De laxatif pour jument... c'est calme
Afin que les voisins alentour
Ne viennent me chercher querelle
J'ai disposé dans l'jardin tout autour
Des mines antipersonnel... c'est calme...
c'est très calme

Refrain

Damned ! La voiture dans la cour,
Mes parents qui rentrent à l'instant
Je trace, je fonce, je speede, j'accours
Mais vais-je avoir le temps ? Vais-je avoir le temps ?
De libérer la voisine, le chat Pépette de la machine
De sortir ma sœur des latrines,
Et d'enlever les mines, d'enlever les mines !

Est-ce que tout s'est bien passé ?
S'interroge mon daron
Oh ben franchement papounet
Rien de bien folichon... c'était calme...
c'était très calme

Et tu sais quoi fiston ?
Nous aussi quand tu n'es pas là
On tourne le bouton
On envoie...

Du gros son !
Que les voisins du d'ssous cassent
leur balai sur le plafond
Du gros son !
Que jusqu'à Ouarzazate
on puisse entendre cette chanson
Du gros son !
Que le voisinage pense
qu'on vient d'adopter un dragon
Du gros son !
Que rien qu'avec le buzz on attire les télévisions
Du gros son !
Que la presse mette en couv'
"ça y est : c'est l'Armageddon !"
Du gros son !
Et que ça fasse dérailler le tramway d'Besançon

avec Archimède

Taxidermiste

Ma maman, dans sa vie d'avant
Était couturière
Mon papa, dans son jeune temps
Un vétérinaire

Moi j'ai poussé dans cette famille
Entre fourrure et couture
J'ai contracté la sale manie
De repiquer les draps, de vacciner les chats

Des machines à coudre, du fil et des aiguilles
J'en ai vu des milliers
Des toutous à sa mémère,
des moineaux, des anguilles
J'en ai vu défiler

Mais les animaux domestiques
Ça ne vit pas des années
Moi j'ai trouvé le truc unique
Pour les immortaliser !

C'est comme ça, c'était mon destin
Les chats ne font pas des chiens
Je suis un artiste
C'est plus qu'un boulot
Je suis taxidermiste
J'aime les animaux
Peut-être un peu trop

J'ai un tapis en peau de jument
Un orignal dans mon bureau
J'ai un faible pour le gisant,
Les bêtes à poils sur le carreau

C'est un métier d'avenir, la grande classe
Un vrai boulot de proximité
Rendre le sourire et la grâce
À toutes les charognes du quartier

Refrain

J'empaille des crocodiles, des chinchillas
géants, des anacondas spasmophiles
Des rats des villes, des chats méchants,
je ne suis pas difficile
J'empaille à tort et à travers,
des doryphores, des pull-overs
J'empaille à ciel ouvert,
puisqu'on a tous nos petits travers

Mais de quoi sera fait demain ?
Je vais vous faire une confession
Empailler enfin les humains
Ferait évoluer la profession

Refrain

avec Super Mamie

Super Mamie 2

Super Mamie, y'a pas d'âge pour s'aimer !
Super Papy, y'a pas d'âge pour Mémé !

Mamie, je te vois qui tourne en rond,
Tu ne nous cacherais pas quelque chose ?
À ton âge, ça fait bizarre
De te voir sortir le soir en mini-jupe rose
« C'est parce que j'ai chaud, et j'aime le rose, c'est tout ! »
Depuis quelques jours, autour de la maison,
Je vois roder un vieux barbon
On l'a vu hier encore, entonner
des chansons d'amour à ton balcon
« Ooh je n'ai pas entendu, c'est mon sonotone,
y'marche pas :ils vont m'entendre chez Decathlon ! »

Allez Mamie, on dira rien promis
Allez Mamie, vas-y, dis-nous c'est qui ?« Nan ! »

Dis-moi ma super Mamie,
Pourquoi t'effeuilles des marguerites toute la journée ?
Et pourquoi tu graves des flèches
Dans des cœurs au canif dans les cerisiers ?
« Ooh ben c'est pas vrai !Vous êtes de la police ? »
On a trouvé dans ton imper' deux billets pour Venise,
Mamie tu prends le maquis ?
« Vous m'faites les poches ? »

Et ce sweat-shirt à capuche AC/DC
Que tu tricotes il est pour qui ?
« Il est pour moi le pull,
cet été je fais les festivals de métal ! »

Allez Mamie on dira rien promis
Allez Mamie, vas-y, dis-nous c'est qui ?

Refrain

Mamie, est-ce vraiment raisonnable
De tchater sur Facebook
Pendant plus de sept heures ?
Ainsi que d'avoir commandé
Pour Noël prochain
Le plus puissant des scooters ?
« Pour sûr, il faut que vieillesse se passe ! »
On sait que t'es pas rentrée hier,
On t'a vue faire le mur, à ton âge c'est moyen
Faudra dire à « super Papy »
Qu'il cesse de klaxonner
à six heures du matin !

« Venez par ici, je vais vous
raconter quelque chose...

Voyez-vous mes chers enfants,
la vie est bien trop courte alors j'ai décidé
Après déjà trois mariages,
Je vous annonce que je vais me re-re-marier
Il est beau, il est fort,
Il sent le sable chaud et dans le temps il était blond
Je suis sûre qu'il vous plaira,
C'est un bon gars et son petit nom c'est Raymond !»
Ça y est Mamie, tu vas dire oui
Ça y est Mamie, on va jeter du riz !

Refrain

avec Sophie Tith

Petits d'anges

Au clair de la Lune
Mon ami Pierrot
Prête-moi ta plume
Pour écrire un mot

À tous les bambins
Qui dans la misère
Tiennent à la main
Une bouteille à la mer

À ceux qui dans le pire
Et malgré l'avalanche
Gardent le sourire
Et les mains sur les hanches

Un petit bout de lettre
À tous les marmots
Que lira peut-être
Un super-héros

Qui veille sur les petits d'anges
Quand les grands s'arrangent
Qui veille sur les petits d'anges
Que les grands dérangent

Une chanson crue
Mais la colère monte
Chez les enfants des rues
Les laissés-pour-compte

Au clair de la Lune
Pierrot, laisse pas tomber
Sois gentil rallume
L'enfance envolée

Refrain

L'enfance, ça tient dans un cartable
C'est un fou rire et puis plus rien
C'est comme construire un château de sable
Et sauter dessus, à pieds joints

Au clair de la Lune
Mon ami Pierrot
Si toi et ta plume
Vous êtes Zorro

Au milieu du tumulte
Venez au galop
Venez en adultes
Sauver les minots

Mentions du CD

La vie d'écolier - Durée : 03 : 53 - Arrangements : Christophe Darlot, Hubert Harel - Voix lead : Aldebert, Ours, Ben Ricour, Ben Mazué, Didier Wampas - Batterie, guitares (acoustiques et électrique), mandoline : Hubert Harel - Basse : Jean-Cyril Masson - Piano, synthétiseur, accordéon : Christophe Darlot - Guitare acoustique : Aldebert - Chorale : Élisa Couturier, Quentin Fontanier, Lola Mariani, Clémentine Meunier, Camille Meunier, Benjamin Meunier, Tristan Lanoë, Bérénice Colmer - Didier Wampas apparaît avec l'aimable autorisation de Atmosphériques.

Mon père il est tellement fort - Durée : 03 : 12 - Arrangements : Christophe Darlot, Cédric Desmazière, Hubert Harel, Jean-Cyril Masson - Voix lead : Aldebert, Sanseverino - Batterie & programmation : Cédric Desmazière - Ukulele basse : Jean-Cyril Masson - Guitares (acoustique et électriques) : Aldebert - Guitares (acoustique et électriques), Banjo, mandoline, piano : Hubert Harel - Piano, orgue : Christophe Darlot - Sanseverino apparaît avec l'aimable autorisation de CH+.

La maison monde - Durée : 04 : 31 - Arrangements : Jacob Desvarieux, Jocelyne Beroard, Olivier Slabiak, Sébastien Zola Lukiesadio - Adaptation texte refrain tzigane : Evelyne Slabiak - Adaptation texte refrain créole : Jocelyne Beroard - Adaptation texte refrain congolais : Zola Tempo - Voix lead : Aldebert, Jocelyne Beroard, Jacob Desvarieux, Olivier Slabiak, Clarisse Motho, Esther Iyenga - Batterie, percussions : Cédric Desmazière - Guitare acoustique : Aldebert - Guitares (acoustiques et électriques), programmations : Hubert Harel - Basse : Jean-Cyril Masson - Glockenspiel, music box : Christophe Darlot - Violons tziganes : Olivier Slabiak - Accordéon tzigane : Ivica Bogdanic - Guitare créole : Jacob Desvarieux - Guitare rythmique congolaise : Zola - Basse congolaise : Jérémie Mundaba - Guitare lead congolaise : Christian Kossakamwe - Percussions congolaises : Boss Ndosimau.

Qu'est-ce qu'on va faire de moi ? - Durée : 02 : 59 - Arrangements : Christophe Darlot, Hubert Harel - Voix lead : Aldebert, Bénabar - Batterie et percussions : Cédric Desmazière - Basse : Jean-Cyril Masson - Guitares acoustiques, kalimba, dobro : Hubert Harel - Piano, accordéon : Christophe Darlot - Chorale : Élisa Couturier, Quentin Fontanier, Lola Mariani, Clémentine Meunier, Camille Meunier, Benjamin Meunier, Tristan Lanoë, Bérénice Colmer.

Range ta piaule ! - Durée : 03 : 45 - Arrangements : Christophe Darlot, Cédric Desmazière, Hubert Harel, Jean-Cyril Masson - Voix lead : Aldebert, Sirius Plan (Skye, Gaelle Mievis, Claire Joseph) - Batterie, cajon et percussions : Cédric Desmazière - Guitare (acoustique et électriques) : Aldebert - Clavinet, mélodica, orgue, rhodes : Christophe Darlot - Basse : Jean-Cyril Masson - Violon : Yohann Mieloch - Ukulele, guitares électriques, kalimba : Hubert Harel.

Dans la maison de mon arrière-grand-père - Durée : 02 : 27 - Arrangements : Christophe Darlot, Hubert Harel - Voix lead : Aldebert, Louis Chedid - Piano droit : Hubert Harel - Accordéon : Christophe Darlot - Violon : Yohann Mieloch. Louis Chedid apparaît avec l'aimable autorisation de Atmosphériques.

Y'a rien qui va - Durée : 02 : 30 - Arrangements : Hubert Harel - Voix lead : Aldebert, Barcella, Jérôme Daran - Washboard, cajon et percussions : Cédric Desmazière - Dobro, banjo, ukulélé, glockenspiel, programmations : Hubert Harel - Tuba : Damien Currin - Violons : Yohann Mieloch.

Les amoureux - Durée : 03 : 30 - Arrangements : Christophe Darlot, Hubert Harel - Voix lead : Aldebert, Claire Keim - Batterie, guitare électrique, glockenspiel : Hubert Harel - Shaker, tambourin : Cédric Desmaziere - Basse : Jean-Cyril Masson - Piano, clavecin, accordéon : Christophe Darlot - Claire Keim apparaît avec l'aimable autorisation d'Universal Music France, division Mercury.

Le dragon - Durée : 03 : 20 - Arrangements : Nathalie Miravette - Voix lead : Aldebert, Alexis HK - Piano Fazzioli : Nathalie Miravette - Alexis HK apparaît avec l'aimable autorisation de La Familia.

Samir le fakir - Durée : 03 : 42 - Arrangements : Christophe Darlot, Cédric Desmazière, Hubert Harel, Jean-Cyril Masson - Voix lead : Aldebert, François Morel - Batterie, accordéon, banjo, guitares acoustiques : Hubert Harel - Basse : Jean-Cyril Masson - Darbouka, tambourin, shaker : Cédric Desmazière - Guitares électriques : Aldebert - Violon : Yohann Mieloch - Programmations et arrangements cordes : Christophe Darlot.

Mon petit doigt m'a dit - Durée : 02 : 47 - Arrangements : Christophe Darlot, Cédric Desmazière, Hubert Harel, Jean-Cyril Masson - Voix lead : Aldebert, Alizée - Guitares : Aldebert - Guitalélé, guitare acoustique : Hubert Harel - Claviers : Christophe Darlot - Cajon et percussions : Cédric Desmazière - Basse : Jean-Cyril Masson - Voix enfant : Robin Darlot.

Le p'tit veut faire de la trompette - Durée : 02 : 36 - Arrangements : Damien Currin, Cédric Desmazière, Hubert Harel, Jean-Cyril Masson - Voix lead : Aldebert, Carmen Maria Vega - Guest : Fred Nivard (Asidefromaday) - Batterie & programmation : Cédric Desmazière - Basse : Jean-Cyril Masson - Guitares (acoustique et électriques) : Aldebert - Guitare électriques : Hubert Harel - Trompettes : Damien Curin - Carmen Maria Vega apparaît avec l'aimable autorisation d'Universal Music France, division AZ.

La soucoupe volante - Durée : 03 : 19 - Arrangements : Christophe Darlot, Hubert Harel, Jean-Cyril Masson - Voix lead : Aldebert, Leeroy - Guitares, accordéon, programmations : Hubert Harel - Programmation : Aldebert - Violons : Yohann Mieloch - Sifflet : Aldebert - Theremin, accordéon, arrangements cordes, programmations : Christophe Darlot - Basse : Jean-Cyril Masson - Beatbox : Leeroy.

Du gros son - Durée : 04 : 13 - Arrangements : Tactil Box (Hubert Harel, Benjamin Delvalle, Philippe-Victor Gambard) - Voix lead : Aldebert, Tactil Box - Guest : Didier Wampas - Guitares acoustiques et électriques : Aldebert - Programmations et voix : Tactil Box - Trompette : Damien Currin.

Taxidermiste - Durée : 03 : 38 - Arrangements : Christophe Darlot, Cédric Desmazière, Hubert Harel, Jean-Cyril Masson - Voix lead : Aldebert, Archimède (Frédéric Boisnard, Nicolas Boisnard) - Batterie : Cédric Desmazière - Basse : Jean-Cyril Masson - Guitares acoustiques et électriques, mandoline, cris d'animaux : Hubert Harel - Guitares acoustiques et électriques, cris d'animaux : Aldebert - Clavinet, orgue, cris d'animaux : Christophe Darlot - Guitare solo : François Grimm.

Super mamie 2 - Durée : 03 : 32 - Arrangements : Christophe Darlot, Hubert Harel - Voix lead : Aldebert, Super Mamie - Batterie : Cédric Desmazière - Basse : Jean-Cyril Masson - Guitares acoustiques et électriques : Hubert Harel - Accordéon, piano, programmations et arrangements cuivres : Christophe Darlot - Tuba, bugle et trompette : Damien Curin - Chorale : Élisa Couturier, Quentin Fontanier, Lola Mariani, Clémentine Meunier, Camille Meunier, Benjamin Meunier, Tristan Lanoë, Bérénice Colmer.

Petits d'anges - Durée : 03 : 31 - Arrangements : Christophe Darlot - Voix lead : Aldebert, Sophie Tith - Guitares acoustiques et électriques : Hubert Harel - Harpe : Claire Oliveau - Programmations et arrangement harpe : Christophe Darlot. Sophie Tith apparaît avec l'aimable autorisation d'Universal Music France, division Polydor.

Réalisé, enregistré et mixé par Christophe Darlot au studio Little Big Studio.
Voix enregistrées au studio Sequenza et au studio Caverne (prise de son sur « La soucoupe volante » : Nicolas Sacco)
Mastering : Jean-Pierre Chalbos & Mathieu Bameulle -
Co-direction artistique : Hubert Harel
Production exécutive : Jérôme Nicolet -
Illustrations : Simon Moreau -
Artwork : Raphaël Baud

Réf. 88875007712

LIVRE
Gallimard Jeunesse Musique :
Paule du Bouchet
Édition : **Claire Babin**
Direction artistique : **Élisabeth Cohat**
Graphisme : **Didier Gatepaille**
et **Marguerite Courtieu**
Illustrations : **Simon Moreau**

ISBN : 978-2-07-066334-7

Dépôt légal : octobre 2014
Numéro d'édition : 272223
Imprimé en France par Pollina - L69686
Loi n° 49-956 du 16 juillet 1949
sur les publications destinées à la jeunesse

À DÉCOUVRIR AUSSI...

GALLIMARD JEUNESSE MUSIQUE

Hors série Musique...

Mes premières découvertes de la musique...

Le tubes des tout-petits...

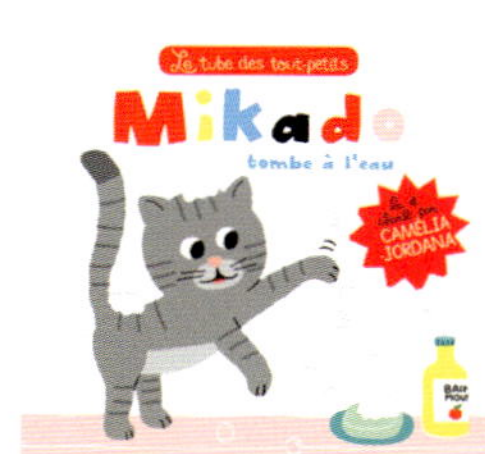

Mon imagier...

Mes plus belles...

Mes petits livres sonores...

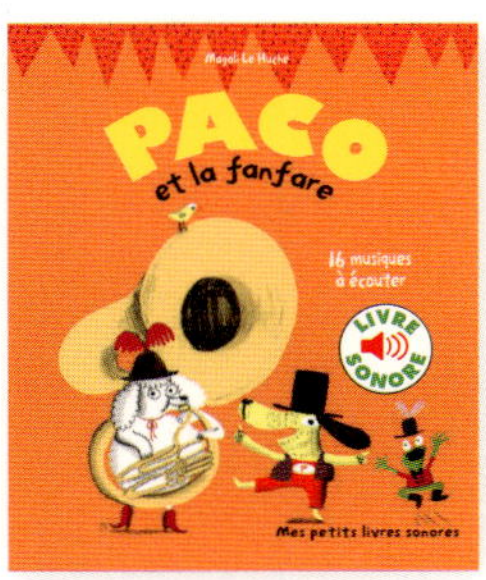

Mes petits imagiers sonores...

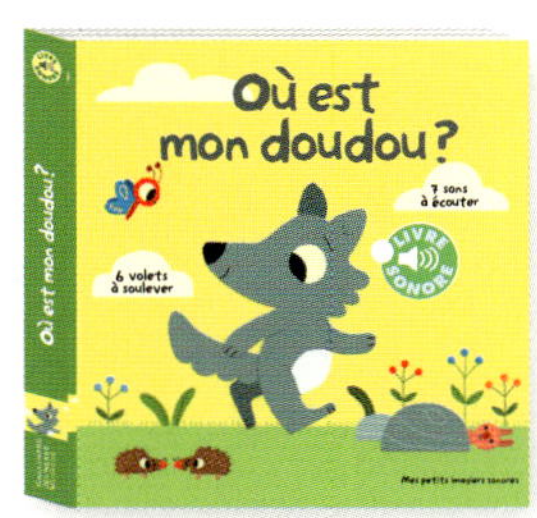